从树皮和
苔藓中诞生

骆艳英　著

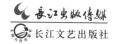
长江出版传媒

长江文艺出版社

图书在版编目（CIP）数据

从树皮和苔藓中诞生 / 骆艳英著. -- 武汉：长江
文艺出版社，2023.9
ISBN 978-7-5702-3222-2

Ⅰ. ①从… Ⅱ. ①骆… Ⅲ. ①诗集－中国－当代
Ⅳ. ①I227

中国国家版本馆 CIP 数据核字（2023）第 115167 号

从树皮和苔藓中诞生
CONG SHUPI HE TAIXIAN ZHONG DANSHENG

责任编辑：胡　璇　　　　　　　责任校对：毛季慧
封面设计：悟阅文化　　　　　　责任印制：邱　莉　　王光兴

出版：长江出版传媒　　长江文艺出版社

地址：武汉市雄楚大街 268 号　　　邮编：430070
发行：长江文艺出版社
http://www.cjlap.com
印刷：武汉市籍缘印刷厂

开本：880 毫米×1230 毫米　　　1/32　　印张：5
版次：2023 年 9 月第 1 版　　　　　2023 年 9 月第 1 次印刷
行数：3604 行

定价：58.00 元

蝴蝶的诗学

蒋静米

读这本诗集的时候是夏至前后，一个新的季度翩然而来，带来闷热与潮湿的气候。

诗集的名字奠定了宁静淡远的气质，既是树皮与苔藓，那必然是幽暗的、古朴的，接着，便引发出种种疑云：是何人何物从树皮和苔藓中诞生？而那诞生的，又如何成长与消亡？然而事实上，读者看完便知，其中蕴含的题材类型与情感质地要远远超出预想，常识与尝试、新与旧的诗学，同时在南方的山水中搏斗。

最后，它变幻为一只翩翩而来的旧蝴蝶，有着春水的肉身和钢铁的骨骼。

就这样，又翩翩而逝。

画蝶：现实之轻与抒情之重

叙事在骆艳英的诗歌中占据了重要的地位，对于现实的感知和描摹是诗人的必备生存技能。如何描绘我们正身处其中的这个世界，这对每个诗歌写作者来说都是一个终生命题。

书中，我们可以感知到骆艳英诗里独特的运镜和时空感。譬如从一扇童年的窗中向外眺望。诗人以敏感多情的心灵将所见所感生发在笔端。"**我从房间里面出来 / 然后，天空看到了我 / 黑色裤子，上衣停满了白鹤**"（《10月13日，与天空的片刻凝视》）、"**奶奶的躯体像一块巨大的砖 / 被殡仪馆的人扔进炉子**"（《夜聊》）。在这些叙事类型的诗歌中，总是洋溢着静谧的美感，与其中淡而鲜明的讽喻口吻形成微妙的对比。这种批判的基本立场尤为关键，它是诗歌仍然有着强烈的现实关怀的明证。尽管，诗歌从不向人证明它自身。尤其是在隐蔽的写作中，它并不期待列入某种诗歌史的叙述中，也不需要汇入诗歌运动或团体的河流中。

与此相对的是，诗歌抒情的传统在本书中随处可见，它们代表着骆艳英写作的另一层面的特质，就像"**两片互求印证的上弦月与下弦月**"。或许，这个特质是更为深重与坚固的。骆艳英涉及的题材非常广泛，似乎对于每个主题、每样事物，她都有话可说。比如《麻将诗学》《树叶》《雨》等作，它们都是将一个具体的东西抽象化，从而产生诗的内涵。在《婚礼》一诗中，婚礼被提炼为："花冠，烟火，蜜的深思，克重，/ 名字的缩写………/ 让它看起来像一座小型的宇宙：/ 转动着婚纱、礼服、花童、进行曲、牧师……"我们无从猜测诗人对于婚礼的态度，它似乎仅仅是如此多要素的集合，这背后的秘密则令人遐想。而在《八字桥访友不遇》中，诗人选择了一种拟古的语调，"八字桥像一首小令"，当历史与现实互为印证，我们自然能感受到古今相同的旷达与失落。

骆艳英的抒情具有明显的怀旧气质，它是属于夜风、白鸥和乌篷船的，属于此生此世的幸福与不幸，属于美丽而孤单的月亮，它们就像一场突如其来的暴雨，如此洗刷着我们沉浸于世俗的心。当你翻开月亮的背面，自然可以寻找到通往记忆与观念的传送门，回到一所被屋檐包围的旧日房屋中。

放蝶：野柿子，第五艘船，江南迷宫

吟咏山水风物和人文民俗是骆艳英诗歌的一大主题和一大亮点，如《西湖半日》《与群山同行》《11月26日：会饮西白山》等作，触摸浙江山水的脉搏，富有生活乐趣，充满了对自然界的熟悉和深厚情感，如同一场雨后的行吟，惬意而美妙。

这其中有大量清新自然的小品式佳作："山塘水泛起的薄雾里，看到一枚果实 / 像惊喜的隐喻，分泌出一层甜霜"（《一棵柿子树》）、"梅树的脊椎上 / 蜜

蜂用一只脚支起春天的耳朵／另外一只挂着黄金"(《钟声与船桨》)、"这一管一管从根茎中抽出的秘密的线条／管弦乐队无人演奏的白色竖琴"(《芦花》)。写景状物、借景抒怀是重要的诗歌源头，只是如今，新的情感内涵不断涌现，山水和行吟正在逐渐衰落，在这本诗集中，我们仍然能找到一些工笔画般刻画风景的遗风。

在山水中遗存的诗句，至今仍能为失意的人们提供永恒的文学遗产和心灵安慰。在剡溪，我们见到的是散发弄扁舟的李白(《低飞的剡溪》)。而在湖莲潭，我们见到"杜甫、杜牧、杜秋娘的诗句／装点着一座灯杆的三个面／谢谢他们把空出来的一面留给了湖／告诉我里面装着茅屋、草木、金缕衣／还有好大一个长安"(《湖莲潭即景》)。是否前辈诗人留下的馈赠太多，都像碎珠玉，随意散落在溪水边、山头上，俯拾即是，只要有人愿意去捡拾，如同诗人揣摩一只偶遇的野柿子："在淡青色的雾霭之下／将自身缩成一小团一小团的火焰／每年秋天，它们都将焚烧一次"(《与群山同行》)。

《第五艘船与大佛寺》一诗糅合了风景、历史与现实，非常值得一读。寺庙，这个风景诗的老常客，以往它出现时，或寂静超尘，或萧疏荒凉。此时，当它同样被放置在时代的布景中，则呈现出奇异的荒诞感。

《西湖半日》中写道："它无限扩张下的江南迷宫／需要一只振金手臂在江水里掘开春衫的地图"。

不妨将骆艳英所创造的山水宫殿称之为一所江南迷宫，所有幽静和绮丽的意象是建筑材料，将青罗裙和白沙堤引进同一片枯山水中，夜雪和雨水都来临了，而文学的无用性则是最后的辩词。

将心灵放归于山水自然，是对于永恒不变的核心的向往，对于自由的终极追求，如同蝴蝶飞回风中，从此褪去旧梦，真正变幻为万事万物。

梦蝶：隐喻的蝴蝶，抽象与野性

李白在著名的《梦游天姥吟留别》中写道"洞天石扉，訇然中开"，神仙诸人纷纷降落凡间，李贺则有"天上几回葬神仙"之句，关于宇宙和时空的奇诡想象从未断绝。近年来不乏以科幻、技术革命、电子游戏等为题材的现代诗，我们不得不面对新的媒介、新的汉语，同样的迹象也出现在骆艳英的诗中。

首先是，我们熟悉的自然景物类的意象被取代了，转而变为3D巨幕、VR直播、VR游戏、暗物质、黑洞……在亭台楼阁之上，数字世界的元素正在侵蚀与修补原有的空洞。

紧接着，便重新组合成另类的传奇和野史。在《白色的庄周》中，诗人写道："白色的庄周，驾驶着飞船／在银河流汗"。庄周的形象在这里具有了穿越时空的特征，或许这正是"庄生晓梦迷蝴蝶"式的梦幻，能够乘天地之正而御六气之变的庄生，自然可以自由自在地翱翔于每个宇宙，进而演化为一种太空奥德赛版本的逍遥游。这首诗延续了骆艳英一贯疏朗清澈的笔调，如同运行在平静的云层之上，又发展出浪漫的隐喻与诘问，可以说是"抽象与野性"的风格体现。

而《移动研究》一诗，则更集中反映出骆艳英诗歌的理性、沉思与精密。"移动"意为改变原来的位置，凭借科技发展的羽翼，移动对我们来说更为便捷，不论是肉身的迁移，还是信息的传递。甚至我们每个人都曾互为时空伴随者。骆艳英敏锐地捕捉到"移动"是当代社会的一大特点，我们在截然不同的事物的两面之间往返，通过坐标与编码互相复制与传送，直到逐渐混淆彼此的区别。

这既是空间之间点对点的移动："是我随身携带的一体机 / 宇宙的发送器"，是地球（家乡 / 传统）到外星（异地 / 现代）的移动："是我在星际迷航，为你和她，你和故乡 / 荒草与稻谷，米沃什与里尔克"，又是生与死之间的移动："甚至是为死者与生者之间 / 建立一种虚拟与现实的链接"。

这首诗是对于马克·斯特兰德的"我移动，是为了保持事物的完整"的一种再诠释。科幻美剧《西部世界》第三季也曾引用这首诗作为标题《田野中的空白》。马克·斯特兰德以精妙的诗句展现了对于自我存在的质问、自我与世界之间的辨认关系。"我"永远是这个世界的一个空白、一个缺口，唯有"我"不断移动，才能使这个世界被充满，重新合拢，变成完整的事物。而如今，漫天飞舞的信息流是否以一种更虚无的方式充满了世界？我们不仅在田野的这一处，也在田野的那一处，然而我们自身的空洞究竟是否仍有人孜孜不倦地去观察与思考呢？

到了《边界的意义》中，骆艳英对自我认知又提出了新的问题。"直至时间的暗物质，被明天扔进今天的黑洞／光明只剩下一个尾巴，但是／如何解释尾巴，又成了新的问题"，在宏大时间的辩证与矛盾之下，在一个被新概念填满的宇宙中，我们如何维持着生老病死、忧伤快乐的日常生活？或许我们最终无法跳脱肉体的牢笼，只有"当人类变成另一个物种时／才能解释我与本人之间的关系"。尽管如此，诗人仍然留给我们一个光明温暖的结尾："可以将桃子、手书、筷子等同桌子解释／但是道德、诗歌、气味与爱不可以。"

这种坚持，正是诗歌的勇气与自尊所在。

为何说到蝴蝶呢？

或许在骆艳英的诗歌故土上纷繁降临的意象中，蝴蝶原本就是其中重要的一个："那不曾到达的地方，眼窝深处的蓝蝴蝶"（《白果树下（三）》），"我想象自己正在变成一只蝴蝶"（《十九峰，在天空的锯齿里彻夜不眠》）。无论是梁祝哀史的结局中飞出的转世蝴蝶，还是庄周的故事中永远醒不来的蝴蝶之梦，它们都共同代表着一种自由与转化的启示。正如事物的两面，既是脆弱的，又是轻盈的。到了终结之日，它将提供给我们顿悟和出路："这世间的爱，与逻辑学

建立起来的永久叙述 / 是一种疾病，需要蝴蝶的治疗。"(《边界的意义》)

在秩序森严、久有沉疴的世界上，情感已成为大多数人的负担。请让我们暂且相信，诗歌与真正的爱和美德一样，具有久远的价值。愿这本诗集在增加我们的困惑的同时，亦增加我们的信心。

蒋静米，1994 年生，写诗和小说。出版个人诗集《互文之雪》(2016)、《苦海游泳馆》(2020)，作品散见于《诗江南》《中国诗歌》《诗刊》《南方文学》等，并入选多种选本。曾获光华诗歌奖、徐志摩诗歌奖。

目 录 | CONTENTS

● 第二辑　白果树下

● 第三辑　在你的耳朵里

● 第四辑 可能的油彩

第一辑　碎裂或幸福

Broken or happy

写给和弦的第一首诗

我写过的那么多的小也比不上你现在的小，同样地，
我写过的那么多的好也比不上你现在的好。

你睡在我的臂弯里，把我的脊背弯出子宫的形态，也
是一张琴的形态，光线是你的乐谱，弹奏出你卷曲茂
密的头发，新月一样的眉毛，你长长的眼线牵引着
我，去发现你睡梦之中泛起的点点笑容，星光一般的
笑容。

可爱的孩子，你现在是我们一屋子的婴儿，沉入我们
怀中的婴儿。

你用你的拳头举着今天，是的，今天，就像一句诗躺
在我身上。或者说，今天，我们从巴赫的演奏曲目里
借用到一把和弦搭建起你湖泊的摇篮。

可爱的婴儿，穿上你的衣服，飞鸟衔来浅蓝色的旋
律，太阳、麦地、海鸥……所有我已忘记的甜蜜，今
天全被记起。

2023.5.2

在地铁站（与庞德同题）

像钢轨一样致命。
无论有多少个山海关，他只抱着明天睡过去了。
而《圣经》只有一本。
有两三句话拖着喉咙的地铁，服刑于七月的河流。
水，无处不在，
冲击着疲惫的墙壁与门，
那装满脸与死鸟的泥罐。

2021.7.31

白果树下（三）

白果树下，儿童帽卷起的旷野
横卧在你眼窝——
那不曾到达的地方，眼窝深处的蓝蝴蝶
它薄而透明的翅翼
鼓荡着一支落日丧歌

2022.4.10

夜聊

天冷，我抱着被子
他在床边给我说鬼故事
说奶奶去世时
天下着大雪
奶奶的躯体像一块巨大的砖
被殡仪馆的人扔进炉子
砖不会痛
那痛却在他心里长出来
也难怪，
他心里有泥土，又泛潮

到半夜，那鬼从床下爬起来
它走路，说话，还坐到床上来
叫我的乳名
半夜，我被一只鬼温暖着

2014.1.11

婚礼

一种古老仪式
指认的另一向度：彼存在于此

某一时刻的喻体与本体
精神与意识的共同体
存在于人体的自然法则

彼与此的融合
要用心灵凝视的：苦与甜

祝福聚集在酒杯
言语无法说出的爱：被玫瑰研究

遇见与蜜构成的仅有

两节无名指扣下的盟约
纹理、密度、情感的互相描述

那收集在戒指背面的秘密：
花冠，烟火，蜜的深思，克重，
名字的缩写………

让它看起来像一座小型的宇宙：
转动着婚纱、礼服、花童、进行曲、牧师……

一起见证：
男孩子变成丈夫
女孩子是他的妻子

2019.12.14

CONGSHUPI
HETAIXIAN
ZHONG
DANSHENG
从树皮和苔藓
中诞生

雨

她一直往下走
以一条线的方式
比乌云走得更遥远

有时，风跑过来
让她闪了下腰
可是她很快直起身子
快到地面时
一些奇异的事物迎面而来
鸟、群山、树木
河流，还有细脚的蚂蚁

仿佛她有神力
所到之处，万物安静

2014.1.11

这可怜的人

这可怜的人
再一次在镜中忘掉自己
镜面上只剩下雾霾
向他呈现城堡的牙齿
他把脸贴过去
风吹起旧时光
他什么都不用想
天气会怎样，木槿树上停着几只麻雀
周日烘烤箱里的面包，爱情有没有来过……
这寂静的时刻降临
唯有忘掉自己是个可怜的人
他才有可能成为幸福的人
成为一个再也不喊疼的人

2015.9

拾荒者

他燃起一颗烟
在对面，坐了下来
这春天，这突然暖和起来的
夜晚，像最新的
奥斯卡电影预告片
大面积地映入荧光屏
他显得有点困
多少年了
他可能一直生活在
无数的碎片里
旧报纸，破家电
伏着蟑螂的啤酒瓶
现在，春风正吹开
他健康的头发
就像一棵树
费力地撑开它全部的绿荫

2016.2.5

白色的庄周

活着，被一个梦证明
蝴蝶带来了飞翔，白云的橡皮擦
顺从早报的新闻纸擦去了发动机的轰鸣
天空是一块布，舷窗是你的眼睛
还能想到什么，附近应该有一棵槭树
发黑的树叶，那鸟，叽叽喳喳
像一位总统在发表宇宙的演说
警察离开之后，带走了栅栏与瓦片
唯有河流保存了美的形态
白色的庄周，驾驶着飞船
在银河流汗

2022.1.5

树叶

它们跟我迎面相撞
大自然的锯齿，磨损，朽坏
被风借走的彩色眼睛
塞克斯顿的太阳
让它们变成鸟，黑色的光斑
耳朵在起飞
两片互求印证的上弦月与下弦月
空悬，停顿，回不去的河流
它们飞进人类的洞穴
它们逼近蚂蚁军队
像时光丢失的一大笔巨额遗产
被瞎子从鼓掌的手中捞回

2021.10.21

桃子的隐喻

不停地往身上泼火
一点一点地泼
缓慢地，不确定地
直至发育为一团火

对于你，火
可能就是一切
而甜，仅仅是一切的一半

好似死亡之梦
但时代却那么美好
看不出有烧掉的迹象

2020.8.6

转韵与变调

睡眠，浮起来

停留于哈欠表面的一个梦

用新月做成的弯刀

在天空收割着黑色的麦子

夜在变长，广场的笔记本

涂满了唐朝的诗行

人民路的转韵与变调

使它们变成另外一首歌

天空的写作从来没有停止

赞美云朵的同时

它也在赞美闪电与雷鸣

老年人爬上名字的纪念柱

滑轮，水晶一样晃过大理石地面

风灌满他们的衣袖

在我踮起脚尖的时候

玻璃球创造了另一颗头颅

2022.7.3

伤痕

一只猫，从屋顶翻过
它推开夜的飞行器
在桌子、椅子、书柜之间翻腾
一块着火的地毯
布满针尖
它如此完美地降落
让匍匐在床底下的那只鬼
感到吃惊
黑夜的每片伤痕
也因了它们的互相撕扯
蜂拥而出

2014.1.15

白鹿

它身怀绝技

划过黑夜

"且放白鹿青崖间"

喝酒的人

如今改喝月光

每周七次，每次七壶

然后，眩晕，做梦

模仿一匹柔弱的白鹿

从梦境领走那个喝酒的人

像一束光

它的一闪而过

让我相信

这片土地

有无数灯盏已免于熄灭

2014.9.20

九月

三十年后，他比任何一块木头
都钟情于自己的沉默寡言
而马尾，还没来得及
甩掉词语的外壳
就已倒向暮色
有人在草原拉动琴弦
"我把这远方的远归还草原
一个叫木头，一个叫马尾"[1]
他胸中的铁轨，依然黑暗，灼热
长满野花的锈
他写到过的明月与草原
正在拆卸马的残肢

2020.9.5

---

[1] 海子诗句。

银杏叶更黄了

银杏叶更黄了
溪水更瘦了

当我疾驰在乡村公路
这些往后退去
也迎面而来的事物

一遍遍过滤着我的身体
并将我带往更远的地方

2021.11.28

一把椅子

一把隐身的椅子
在我头顶测量着夜的深度

作为尘埃
或者火的一种试验
它将要战胜这个夜晚

由此解释我近来糟糕的睡眠
像一头兽，反应迟钝
却又情绪复杂
我怀疑轮廓模糊的椅子
有着火光的四蹄

它要奋力踩碎自身的骨骼
用以惩戒我的神经末梢
像一串无法除尽的省略号
拉长我四处飘零的耳朵

不知何故，我流下了它的眼泪
在它偶尔的停顿里
我摸到了梦卸下的残骸

2022.5.25

低飞的剡溪

不可去的去处——
散发，由一只扁舟实现

景色扩张于水瓶的序列
我们所知的青天
被一行白鹭的演习一扫而空

旧词里的桨声
欸乃于手机的摄像头
那不存在的马达

虚构的火
在桨声周围摸到水

2020.6.20

房子在唱歌

房子在唱歌，秋天的树叶替我唱
两个屋顶之间，一截砍断的月光
梯子上站满夜行动物
——眼睛，倾倒而出的三明治、甜品、雪糕
我丢失了我的饥肠
黑暗中闪亮的食物
"铲去月亮橘黄色的弧形部分" ——
刺——尖锐的玫瑰将它划伤
不管你是否愿意相信
一只兔子，已坐上绳索
把自己送上了天

2021.10.13

致一个夜晚

灯光牵着我的脚，完整的夜晚
由十个脚趾得以论述，它的完整
还包括播放器里延伸而出的手臂
一颗蓝色毛线缚紧的星球
屋顶起飞于钟声，当时间变成一只小船
水凝结成冰，我们的广场开始向人民撤退
山茶花睡着了，在它自身的鲜红里
我的耳朵竖起的夜晚，你听得见的月亮
从我破碎成星星开始

2022.1.4

边界的意义

直至时间的暗物质，被明天扔进今天的黑洞
光明只剩下一个尾巴，但是
如何解释尾巴，又成了新的问题
它或许只存在于脑梗或者癫痫病患者之间
当人类变成另一个物种时
才能解释我与本人之间的关系
对于所剩无几的明天，暗物质继续被黑洞吸收
也可能是从父母身上继承来的躯体
因喂养了过多的珍珠与灰烬
而负担不起歌声，天空与颜料
这世间的爱，与逻辑学建立起来的永久叙述
是一种疾病，需要蝴蝶的治疗
拨火棍带来的高脚凳，领带，挪威
无论你怎么看，小木屋都像苔藓一样绿
桌子是用来打比方的，因为，桌子不是桌子
桌子的意义在于使用语言的某种界定
或者当你为它找到了它的腿，它的脸
我们才能明白你的指陈是在语言的使用之中
可以将桃子、手、书、筷子等同桌子解释
但是道德、诗歌、气味与爱不可以

2021.9.13

一个上午

一小盒牛奶打发的早餐
风绕过口罩，跟车轮赛跑

我脱下我的脖子
头发似野草

小学生提出的疑问，谁还能记得
阿升贝利的操场，具体到某只起飞的足球

黑色羊绒线
它的衣领、袖长、胸围——
盲人找到袖口，并将手臂穿过
我却找不到
两臂之间，一小块孤地
左手与右手互相失去

旧的居民区，窄巷蜿蜒如溪流
弹棉花店，小吃部，垃圾桶接受检阅
给广场安装一台消音器
女歌手与男歌手之间的大片海水

2021.10.22

一棵柿子树

天赐的火。梦挂在树枝上
绿茶虫爬过近视的假想敌
它的束发带，单眼皮
足以向悬崖发起挑战的尖下巴
一棵柿子树，患有肩周炎的扁担
养活褐色的胃与白色的骨骼
光卵，圆形的动词——
滚动于波段之间，迷失的后脑勺
闪耀。不存在两片相同的树叶
这或许是真的。大自然奇妙的进化过程
树林沙沙，多么好听的单细胞流行曲
山塘水泛起的薄雾里，看到一枚果实
像惊喜的隐喻，分泌出一层甜霜

2021.10.12

高跟鞋

但是，这又有什么关系呢
作为美的观赏者
并不妨碍你陷入
红与黑的想象之间——
一种特别的孤寂与空悬
一根烟的高度
渐渐镁掉的背影与曲奇
多少人试图辨认这枚钉子
它的颜色与锐度
适宜于刚刚好的午后或傍晚
穿墙而来。而你此刻
恰好起身经过
却并没有遇见一阵风
言不及义地翻阅你

2020.8.28

电线杆

银行家与穷人都愿意将心事
托付这笔直的光怪之身
高于地面的洞察
无声地站在那里
用仅有的一只脚
将无处可考的表白与失联的电信号码
锁进它的芯片

高温中的人们，额头发亮
他们靠着电线杆吸烟
尼古丁存在过的地方
容易让人心绪无常
昏沉似爱情。单摆脚的电瓶车
靠在一旁，更远处
烧坏的马车在登楼

2020.8.22

归宁（《碧玉簪》第七幕）

催命的花轿
在空气中发明了降落伞
娘啊娘，计程车看起来毫不费力
它来来回回，具备某种优雅的细节
可我的水袖，离家以后
已被铁的梳子，丝线的灰烬塞满
我已厌倦脂粉，厌倦一个屋顶的想象
一支从芹菜味中分解出诸多歧义的簪子
改变了镜中圆月悬挂在檐角的部分
但并不为我所知
我流亡于一顶花轿，茫然，无助
可怕的是，我无法预见它的去处
其实我想留在你身边，喝点你熬制的鸡汤
看一眼花园里水中跑步的鱼
我也想变成鱼，有着整夜的呼吸
花轿里空无一物
只有我一个人走着黑夜

2022.7.24

彼此混淆

拿诗换酒，已是老套的话题
美食家只关心牛肉与萝卜
除了粮食，这世界
可以让人心生温暖的事情
其实，并不多
就在去年，老陈患上痴呆症
他称颂儿子为老板
"肉也买不起，花也买不起"
跛脚的老婆，眉眼却很漂亮
在一路摇摆中
纠正一场秋雨的方向
汽车给城市带来了更多的马达
停车场永远不够用
可以裸露的大腿与脖子
也越来越稀少
路边吸烟的人
保持着一贯的南腔北调
修辞学与路灯同生共灭
陈旧的感情与新鲜的伤疤彼此混淆
欢呼声追上了朝阳亭的深夜

2020.10.16

移动研究

我移动，是为了保持事物的完整。

——马克·斯特兰德[1]

是我随身携带的一体机
宇宙的发送器
"醒来就是从梦中往外跳伞"
醒来就被特朗斯特罗姆带往修辞的流水线
3D 巨幕，VR 直播，VR 游戏
节奏与空间，天翼 APP……
到处散落的星辰与花朵，味道与听觉
老特终于可以凭空盖楼
那密集的词语，像沙粒入侵蚌壳
珍珠向天空漫游

是我在星际迷航，为你和她，你和故乡
荒草与稻谷，米沃什与里尔克
甚至是为死者与生者之间
建立一种虚拟与现实的链接
为难以察觉的一毫秒在时空超车

---

[1] 马克·斯特兰德，美国桂冠诗人，普利策奖获得
者。

为失传的幽破传 [1] 切换多频的星球

是对诗集和天气的反义关注
是无中生有，也是包罗万象
无限缩短的低时延，像一个破折号
守在池塘的端口等待蛙鸣的回波
那拦截不住的信息是对高速率的论证
像一个动词从水底打捞出发射塔
只需一张卡与一个号码的编程
那神秘的感知与交互体验，精神的导图
都来源于移动——"为了保持事物的完整"

2019.11.3

---

[1] 幽破传，一款云游戏的名称。

懒蚂蚁的沉默

懒蚂蚁不曾有过澡堂
它对经验主义感到失望
对许多只蚂蚁整合为一只蚂蚁无所适从
软绵绵的情歌跟它无关
所以，它不顾一切地爱上独行
为什么要在地球醉生梦死
而不是在另外一个球
换一个球，它可能晃悠得更舒服
对于它而言，地球是它的洞穴
也是它的食物
现在，它却不想居住在这个球
它想放弃甜蜜素，放弃坏掉的形容词
它甚至不想要它的头，受难的细高跟踩过的思想
可它的腿，刚刚得到了一双漂亮的靴子
昨夜吃进去的土，群山一般坚定

2021.10.15

第二辑　白果树下

Under the gingko tree

写给鳌峰山最后一只柿子

孤零零地——

它把自己挂在树枝的最远处

给后梁村，村前面的鳌峰山

鳌峰山前面的天空

留出更多的空白

这是我看到的时候

一棵柿子树上

仅剩的一只柿子

立冬的阳光

正在烫平它野生的皱纹

当大多数柿子

被潦草的生活所挟持

或者，腐烂在泥土的夹缝里

有一只微微颤抖的柿子

一只彻夜不眠的柿子

抱着它"浑身的甜"

用年迈的肩膀

扛起一小簇火焰

火光微弱，却照亮走过树下的我

2020.11.7

湖莲潭即景

连夜的好雨
给小县城带来了凉爽的天气
让人分不清置身的季节
是初夏还是晚春

公园的长条椅
显然为人生的迷惑
提供了多样的分析
老人们坐在一起
重温自己的童年，青春与爱人
日复一日，风吹白了他们的头发
而他们对此永无倦意

有一个小朋友在玩球
那并不存在的空中的篮
迫使他一次次起跳，灌送
树枝在弯腰迎接他的时候，嘎吱作响
树枝的支离破碎与我多么相像

杜甫、杜牧、杜秋娘的诗句
装点着一座灯杆的三个面
谢谢他们把空出来的一面留给了湖

告诉我里面装着茅屋、草木、金缕衣
还有好大一个长安

对岸的青山还未拧干身上的雨水
一把唢呐的声音
便急急地从林间飞了出来
它乘坐羽毛的花轿
滑过圆形的水面
最终落到了我的耳孔
至少有三五分钟时间
我都被它的清远所吸引

几棵青钱柳长在湖边，碧绿葱翠
它们满身的铜钱，一串串垂向水面
提醒我们淤泥之下深埋着的银行
正搬动欢乐的黄金

2021.6.5

一首模糊的歌曲

那个人继续走来走去
在外面，某个转弯的楼梯旁
传来他挖掘黑夜的声音
你的耳朵，被它吸引，像一团微小的惊恐，趋近于你
镜中的内衣
假如你有过意识，出现幻觉
他站在一颗色彩莫测的玻璃球下
踮起脚尖，弯曲他的双臂，埋下头颅
身体，屈从于一首模糊的歌曲
北风、草原、白杨林，有着往日的风景与抒情
从某个合适的角度，你辨别出一条线路
乏味，沉郁，困难，失去希望
但你始终被它环绕，或者说，你压根走不出去
一颗矗立在眼前的玻璃球，庞大，幽暗
像极了我们如此消沉的生活

2022.7.31

4S 店的按摩椅

所以，瘦小如我
如一枚贝壳蜷曲在 4S 店的按摩椅里
被气压与负氧构成的摇篮
赠予波涛的礼物，雪的起伏熟悉而陌生
4S 店的按摩椅带来的半杯咖啡与白瓷热气
还有揪着不放的脖颈、肩周、背脊与脚趾
滚珠螺杆真空泵挤出的词语的斑点
在这个年末的下午，构成一个无声的郊区
需要精密的计费器测算出 VIP 沉闷的厚度
有一瞬间，我以为小腿骨就要被这把椅子轧断了
而上周离我而去的手臂又被它捉了回来
从飘浮着的一个回声里
它捆着我，把我从黑暗里叫醒

2022.1.30

春天用桃花写信

第一朵，写给亲爱的姐姐
姐姐长得多么美丽
她活在我的双手之间
现在，我把她清澈的眼窝寄给你

第二朵，写给南方难得的好天气
桃花来到南方时，风已平息
鸟儿都在跑向河流
也请告诉，那一列
飞奔而来的绿皮火车
我的缓慢与蹒跚
我的皱纹与霜发

第三朵，写给富庶的房子
它是白的，也是黑的
它挖掉人间草木
让越来越多的新屋顶与旧地址
陷入病危的春天

第四朵，第五朵
写给深夜还在咳嗽的人
写给打游戏停不下来的人

写给数着星星吞吃安眠药的人
我会把这些疼痛
收集在诗集的某一页
喊醒那个以命写诗的人

2021.3.20

春天就此开始

春天就此开始：
翻鲜的泥土，闪电
紫云英轻轻晃动
像一只无须用力的摇篮
自宇宙中升起
在风中，在光中

你有你苦涩的牙齿
你可以吃掉所有的茶树
沉寂的白天与墨绿的夜
我有我的白果树
树上的雾与树底下的洞穴
比如我的眼与耳孔
潮湿的笑容
你们全都无法拿走

春天的口袋里
你是否摸到过桃花的诗集：
树叶的歌声，流水的歌声，绿色地球的歌声……
绕过我的身体，也绕过你的
你是否因此坚信
词语终将被桃花烧尽

而你用过的春光我还想再用一次
至于旧事
是否再一次模拟了炊烟的曲折盘旋
只有天空知道

2022.3.19

钟声与船桨

我听到远处传来的钟声
涣散开麦田的气息
一个三岁男孩急急地
提醒他年轻的妈妈
电话——电话——
他不会拒绝大脑分泌出这样的推理：
天边有人在敲远山的门
嘭，嘭嘭——
钟声构出的山脉
用它的黝黑压住了天空的喉结
一个小小的凹陷
似一把银勺盛放着白雪的元音
梅树的脊椎上
蜜蜂用一只脚支起春天的耳朵
另外一只挂着黄金
小心深夜把狗吠的声音翻译成河流的呜咽
如果白云擦去了夜晚的污渍
那么就让我变身为春水里的某只鸭子
在先知的语法里划开羽毛的船桨

2022.2.25

闪耀的事物

正如你所期待

春光大于一头牛的想象

青菜，野笋，兔子的牙齿

世间万物接受了最好的安排

山上开着许多花

叫不出它们的名字

粉红，粉白，粉黄，粉绿，各种颜色

远远近近地开着

哪一朵更加好看

哪一朵又宽恕了蜘蛛的打扰

风筝旋转着升到半空

它是否要去淡青色的云层

收集一个陌生的雷

你都无从知晓

两个畅快的鼻孔上面

你的额头接住了明亮的雨滴

整个上午，或者下午

你都被这些闪耀的事物所吸引

好似春光也占尽了你的身体

2022.2.6

白米饭与黑芝麻

是的，如诗人在一首诗里的留言：

应该有更多赞美围炉的诗

那里烘烤着农作物

比如花生、番薯、豆子

童年的灰尘进入鼻孔

烟袅开夜的长度

黄昏来得太快

每一把都计算着毁灭的时光

小鸡们总是成群

结队尾随着母鸡

它们失去理想

在现实主义的辛劳里按部就班

孩子们有捡不完的小石子

用以记录他们之间的某些秘密

天空又高又孤寂

长耳朵兔子会找到你

橡皮筋与课间操也会找到你

燕子侧身滑翔

欢迎黑色的草与绿色的田野

妈妈的催促

最终使得晚餐也变成一门无法完成的功课

你看，白米饭多么容易搭配

只是撒在上面的黑芝麻太少

2022.2.13

日子

这样一个下午，蓝色的礼拜六
院子里，我打开扎赫的诗集
我确信，我是村庄里唯一一个还在读诗的人

每隔两三个小时
航空小镇的飞机都会来巡视一次
它频繁的轰鸣淹没了鸟叫的声音
那春天的鸟儿，富足的羽翼
现在，却要躲到别处

出来觅食的两只黑蚂蚁
相逢于一截废弃的树木
它们是这个下午的亲密伙伴
坦克距离它们并不遥远
或者，它们本身就足够形容为两架坦克
当它们四处走动，目击春天的战火

好看的榆树花开在不远处
它们是欢乐的
它们的欢乐染黄了旧学堂

没有人愿意在一个定义为安全的地方
说出他的不安

2022.3.4

八字桥访友不遇

等到傍晚散了工
你才能体悟到桂皮煮的茴香豆
已抹去了鲁镇的口红与长衫
七八个街口好似僵而未死的咸鲞鱼
空候着车辆与人流。据此，我怀疑
是不是所有的人民路都有着笔直的一竖
而欢场与夜宴，只配躲在某个弯曲的角落
像一株荆棘，出没于挂满露水的百草园

三两个拐角之后，八字桥
像一首小令，从运河抽身而出
冬日的平仄与韵脚，在桥下泛起的波光中
获得了宋词的轻拢与慢捻

桥栏与石板，似在倾听滚落的狮子头
那挖空的怒目，被铡刀剖出的血滴
那些愤恨、鞭痕、攻击与嘲讽
再一次被时间拉开历史的肌理

夜风不断吹落梧桐树叶
有别于被虫蛀空，年年移栽或死去的树木
临河而居的古樟树，依旧倾尽全力

向古运河输送着尘埃，气味与旧物

感谢上帝还在工作
它悬置于教堂的十字架
像一台信号塔从尘世截取有限的呼救
乌篷船、书店、身负琴箱的乐师
乃至白鸥、月光……似乎就要回来了

而一度向词语赋形，如今改卖柿子的外乡诗人
却还在酩酊中被夜色款待

2020.11.11

听翠芽唱越剧

她唱十八相送，英台说
上车吧，我载你一程
这条路有点远，长亭更短亭
但风景优美，喜鹊鸳鸯成双成对
唯独大白鹅，只有一只

她唱北地王，送给这夜
月亮如此圆，又如此白
比如旧战袍里滚动的车轮
碾过一地黑霜
月亮向她撞去，丞相啊
你快走，琴师的衣袖里
埋着西城一颗雷
幼主还写不好苦闷的抒情诗
而社稷已毁，鼓乐也只引来
孤魂野鬼，吞吃一座祖庙的香灰

她唱林妹妹，便只剩下一碗汤药
捧在紫娟的手里，冷了温
温了再冷。又
不知哪里寻来的打火机
使得两支失去定语的花烛

流窜于鬼影。妹妹，你那诗稿
已烧过一次，现在她要再烧一次
潇湘馆的雪，一直下，一直下
直下到尘世一片白茫茫
没有司机与霓虹灯，没有广场舞
只有一个妹妹，让你热爱

2020.7.18

张凯奇

抹去挖掘机的一路轰鸣
蜿蜒的乡村公路，让我们确信：
冬天已拖着臃肿的身子离开了河岸
没有人可以阻止春风
吹开小河两旁黑黝黝的山坡

一辆淡蓝颜色大巴
慢吞吞地把我们送到灵鹅
李花却等不及我们的到来
早早地覆满了山谷
她们无所顾忌地开放
仿佛要染白一颗星球

四年级小学生张凯奇
穿着一件与大巴同样颜色的手工线衣
相对于正午格外热烈的阳光
他显得有些沉默寡言
在他的世界里
李花虽然触手可及
但这种古老的白显然与他无关
他情愿在停车场
隔着窗玻璃

观察一个扎着辫子的小女孩
如何爬上一棵开花的李树

2018.3

芦花

是一场大雪的提前来临
把莲留山变成一艘装满雪的轮船
然而，大雪深沉，这白色的摆渡
成为秋风无处不在的挥动，像一方方手绢
成为你，成为我，以竭尽全力的歌唱
向空无一人的天空告别
这白，这推进，这敏锐，这冒险的光
这一管一管从根茎中抽出的秘密的线条
管弦乐队无人演奏的白色竖琴
更多的锋刃，更多的肖邦
更多的碎裂的花冠，已将深秋覆盖
请给它们更多的喜悦
在一倾而下的世界之后
那孤单的白，远方的白
也是在秋风的造访中
越来越倾斜的白
让它们布满光，在长夜的黑暗中
平安旅行

2019.11.10

旧自行车

它很旧了，载了我三十年
它的旧与我的衰朽多么相像
我看着它：
链条与曲柄咬紧过的地址
暮色在代替它到达
一条土路，被狗叫的声音搬到刹车片上
它有点走不动了
黄沙在鞋子里局促不安
想到更远的地址
想到要用脚
踏出墨汁倒挂的天空
它有点垂头丧气
何况，现在是芒种
一度消失的雨
从天上落了下来
唉……
雨天骑车总是很麻烦
这日复一日的滚动
与我一身的疲倦多么相像

2020.6.5

白果树下（一）

春天对此一无所知
它丢光了所有树叶
发黑的树干
像一副年老的躯体
变得嶙峋、坚硬、昏昏欲睡
让人担忧
如果再不借助
一场突如其来的春风
随时有死去的危险
而重生的力量从未如此疲弱

年轻的白果树去了哪里
年轻时的碎裂与锋利
——我已忘记

2022.3.13

暴雨永远是茂盛的叙述

其实，并不存在一条河流
可以贯穿 X615 县道
它的两旁，更多的是便利店
机工厂、小村落。偶尔
会有小推车推过时令蔬果

这一刻，暴雨倾盆
驱赶着乡音：急切，粗粝
掠过瓦片的边缘
对于村庄和大地
暴雨永远是茂盛的叙述

我们很快忘掉
刚刚吐出去的烟圈
它缥缈的形态
无尽空间下呛鼻的味道

时间在解构一只失重的钟
有时候一只耳朵
有时候一串耳朵
从大地重新找回它的听力

可是，难以忘掉的幼年
始终在用仅有的蜜、雾气与温度
冲泡故地斜飞的苇草

2021.5.28

豆沙馅儿月亮

美丽的，孤单的月亮
还没接到休假通知
它那么高，那么远，应该找不到
替它顶班的伙伴

仰头看它的大都是旧人，比如李白，比如苏东坡
有天涯，有汉关，有此生此世的秋夜与故乡

桂子挂在桂树上，看嫦娥飞袖落入酒盏
永远不会醉酒的只能是玉兔，披着月光
像柔软的童年

更多的人试图驾着飞船
给它快递月饼，当它收到时
却发现暮色已贪吃了旷野的豆沙馅儿

2021.9.19

睡意

临近年末的日子
我越来越频繁地
往返于老家与居住地
总有收拾不完的灰尘
擦过一遍，又迅速地往它身上生长
它们和我一样，有时不知自己身在何处
有时又固执地停留在这间屋子
冬天使墙壁变得晦暗
我不厌其烦地陷入打扫
窗口，灯具，灶台，用的，穿的……
缓慢，机械，走来走去
当我疲累了，靠在墙角的沙发里
闭上眼睛，什么都不去想
此时，睡意会穿过长长的天空
压住我的前额
我的手臂飘浮着，像要离我而去

2022.1.22

CONGSHUPI
HETAPIAN
ZHONG
DANSHENG
从树皮和苔藓
十诗士

邻桌的女孩

从我这儿望过去
靠窗的桌子旁
两个女孩面对面坐着
一个女孩穿着黑 T 恤
胸前心形的图案上
单词"girl"绕成一个圈
里面除了她鲜活的心脏
仿佛还装有一船玫瑰
另外一个打着长辫的女孩
用塑料棒不停地搅拌着咖啡
隔着一张桌子
我依然数得出杯底的黑珍珠
正一粒粒碰击着玻璃杯
那微弱的声音
像我投过去的目光
轻轻落在女孩子的肩上、发上、脸庞上
有几盆绿萝悬在她们身后
这些虚拟的绿
此时也突然变得耀眼
像过道里斜刺而出的一束光线
照亮刚刚打开的一页书
她们要是我的女儿

我该有多么欢欣
我会很仔细地阅读她们
读这折叠着的海水与火焰

2014.9.11

我看到，水涌出了她的身体

搬迁之后，青灰色的居民小区
成了偌大一块空地

老王家的小狗也搬走了
牵牛花牵着黄昏在想念它

不管在这里生活过多久
又是爱又是恨的
却很少有人再回来

但我常常看见一个年轻女孩
提着塑料桶站在水塘边上
预言一样

我看到水涌出了她的身体
丝瓜秧与夏天又带走了这些水

2021.5.29

鱼眼

驱车而来，却发现
造湖的人，已去山上修行
飞星献身于九宫
乌云堆积的铁锈，时针
在擦亮它焦黑的锈迹

低头合手，香客们为自身
引进了一个神
他们与神拥抱，垂生又垂死

但愿我，不曾在时光中匆匆出现
但愿你，也不曾染上尘世的种种疾病
就像一座钟头，只为碧绿的北山居停摆
而鱼眼，也只为危崖之上的元机洞
深藏一世的秘密

2020.7.6

与群山同行

狗尾草继续以它的密集向太阳索要签名
但苦丁茶树只借用了岩石的阴影部分
像一大团野生的墨汁站立在阳光对面
它与我的偶然凝视，苦涩与孤单的无限接近
时光与灰烬的互相致意
将我置身于沙石的沉寂：它们又细又白
却可以与群山同行

我相信徐霞客走过的山谷、黑夜、沟渠、田野
是蝴蝶与飞蛾，野菊与鸳鸯的秘密所在
他喜欢棕麻鞋胜过云头履
喜欢将孤身投宿到落日的穷乡
和泥墙，和墨乌的烟迹，和故人
坐在秋风里，倾听菩萨的心跳

哦，还有柿子，这古老的果实
在淡青色的雾霭之下
将自身缩成一小团一小团的火焰
每年秋天，它们都将焚烧一次
作为对栖居之地的告别

2021.10.20

第 三 辑　在你的耳朵里

It's in your ear

一只深情的蜘蛛，或者旧小区改造学

仅仅高出老王家阳台半米
那里秃头的玫瑰已拧干了雨水
我可以一脚跨进他家的卧室
老王出门了，可能去排队打疫苗
老王看过的报纸折叠出宿命的形状
铮亮的哗啦啦的淋浴喷头
真想进去洗个澡啊
洗掉身上的锈迹
这些黑褐色的味道
钢管搭建在身上的脏东西的温度与气息
撞击着淋浴房的沐浴露
洗完澡，再喝罐可乐，或者雪花牌啤酒
把刚刚洗掉的脏水换一种饮料填回去
借此拥有一副新鲜的躯体
现在，我站在露天脚手架上
像一只深情的蜘蛛
投入好莱坞梦工厂
我越爬越高，爬过天花板
爬过断刺的仙人掌、曲折的绿萝
不得不承认，老王家的绣球花是最肥的
它球状的花朵涡旋着无数个他乡
好在梭罗没在小区居住

不然，将他绊倒在瓦尔登湖的
岂止是脚手架与履坦机的心灵主义

2021.6.16

瞭望哨，或隐匿之镜的搜身

敌情已被芦荻掩埋。这笨重而无声的建筑，蹲伏在
　深秋
像一幕哑剧，出演一个绷紧的哨兵
它不合时宜的存在，把我们领向灰烬的旧痕
领向草房、崖石、风雪与暗算……
仿佛这报警的装置仍未被时间拆解
尽管现在，除了屋顶与墙壁
里面已经空无一物

"它是在梦中还是在梦外"
"它是醉了还是醒着"

瞭望哨外，芦荻汹涌，像成千上万支军队被叫醒
这唯一的屏障与阻挡，共和国的猎枪
在到达千米之前，凝神的准星
终被寒霜扣紧

作为陈迹，它隐匿于树冠，
像无法减少的一座孤岛，穿着山崖的黑靴子，不被
　发现

然而，洞孔与监控后面，字母的发报机

掐灭了疾驰的暴风雪，拉响的警笛
向我们揭示一只秃鹫的藏身之处
那腐烂的气味，钙化的灰烬，依旧有办法
让我们记住某种武装的反对派

它究竟在瞭望什么，还有什么是它可以瞭望的
那隧道与街头的促请，海上浮尸
戴在女大学生手腕上的非法的镣铐？
那依旧停留在纸上的雪的跋涉
一次次站立起来的生锈的光束
还是失火的巴黎圣母院，海拔以外的过滤光？

哦，孤零零的女王
终于从乌云的国度里，认出这暴力的瞭望
蝙蝠"涌出它们的洞穴，仿佛一阵黑色的风迎接你"
一对复眼，构成多边关系的镜头，是大地之结石
隐匿之镜里的一次搜身

2019.11.15

拉杆箱，或者旅行

天姥山、兵马俑、天空之镜、峡谷

湖与怪兽，落日与危崖，深洞乃至帝国

一只装满海浪的拉杆箱

万向轮驱动的诸多可疑景点

在哈欠与质疑声中，候机大厅拖拽着方言的地形地貌

离开黑暗的居所：我要去哪里

我会在哪里？这些问题是否真的存在——

像卷曲的听筒里，挂着一位向你的耳道不停掘进的

　　客服：

她的名字、年龄、长相、语种、直系血亲

他的身高、学历、年收入、奖惩情况

他们的存在是否真的催生过你的旅行

万向轮在拉杆的固定中，执拗地将行程朝矿脉的遗骸

　　推进

而遥远的星辰从未发问，也不回答

对此，我怀疑所有的迷雾其实只有一种迷雾

这些迷雾迟早会吃掉你的拉杆箱

修改高速、航线、乡村公路、港口相互交错的叙述

像一座失去空间意义的笼子，试图训练时间的出口

其实，出口并不安全

它涡旋着世界的许多构成：潮湿，空洞，监禁与爱

我要把一个我，里面的我，外面的我，更多的我折叠

起来

装进拉杆箱

用拉链铰合我的名字、籍贯、年龄、长相、语种等

拉杆箱的夹层，那褶皱的更深处，一个词依托着的

　鲜艳

——忧伤与甜蜜到无以言说

2019.12.25

深海

小琴用一款游戏转译了猫走过草地的脚步
她的手指差点烧焦，说肚子鼓起似气球
还不如说有一股气在把她引向深海
而剩下的血也仅供我们指认她的面孔
雪花，飘呀飘呀，雪花在挡风玻璃外面
飘呀飘呀，让人疑惑
高速公路上的雪终究从何而来
它或许为这个寒冷的年末带来过玄武岩的钟声
也或许与我们一起陷入过绞肉机的想入非非
时间的废墟里，小琴坚持用烧焦的手指挖一座非理性山寺
可以在里面吃火影，吃辣椒，吃黑格尔牛肉……
一切在暗夜里生长的颓丧，一种尽头
血的指针，愤怒又尖锐
刺破幽暗的B超报告单里那些冷酷的字眼
静止的音节，生命之宫里，灾难的引擎启动的虚无漩涡
一层层剥开新世界的光影
但这又有什么呢？每一具身体里面
都可能藏匿着一个濒临绝境的世界
好让我们无时无刻对它的苦与痛保持警惕
比如装在纸盒里的警句，足以销毁一座核电站
可我们并不期待这样的销毁
与错失的骨肉重新回到应许之地相比

2021.1.4

且听晋樟说南源

1500 年以后，祖冲之复生向南源掘进
他在村书记的酒窝里继续计算着圆周率
小数点后七位，这数值的序列
足够一棵樟树在同心的年轮里得以论述自身：
它为何如此肃静，以至于我们站在树下
都不敢高声谈论一株玉米的成活情况
它又为何如此虚弱，需要更多的手臂围起来
解救锁在它体内的二氧化硫
它活了那么久，患过哮喘，过敏性应急症
红蜡疥咬过，螨虫爬过，最后制成樟脑丸
被绫罗绸缎挂在腰间
那"樟脑的香，甜而稳妥，像记得分明的快乐
甜而怅惘，像忘却了的忧愁"——
至此，张爱玲复生一次
它活了那么久，必定说起过瑞象寺
那座用隋朝的峡角折叠起来的青山
如今只与僧人对坐，他们饮茶，捻香，礼佛
诵经时，长脚山蚊在木鱼身上
蹬出一长串江水的音符
它活了那么久，也必定说起过西溪湖：
"湖上香稻熟，湖中赤鲤长"
徐文长的泼墨写意依旧在湖水中寻找出路

而湖水更多的指点还未到来

像村书记姓氏里的兒字还在等待一个人字旁

而古樟，依旧缺少一个姓氏

唯一可与它打招呼的是头顶的那把白云

或者，还在它躯干里四处觅食的蚁群

2020.1.4

西湖半日

这时间的白日梦摧毁过的第一排鞋盒里面
安放着你能想象出来的固定的编码
与无从想象的神奇的脚趾带有的
毒草的味道
这乏味的周末与同样乏味的我组成的一个变异的空间里
突然出现子宫、冰红酒、乐高搭建的多面体宇宙探测器
用时间的玫瑰缝缀的钢铁侠战衣
这一具混淆了金属与植物蛋白的
笨重而死板的经济学躯体
落日下，魔法斗篷正在吞吃起皱的西湖与饥饿的国家
它无限扩张下的江南迷宫
需要一只振金手臂在江水里掘开春衫的地图，同时
你也不能对一盘油爆虾要求更多的调料，因为
再闪光的超市有时也会兵荒马乱
当它面临我们古典的饥饿
多半来自雪碧、方便面、酒与鸡翅的困顿
如果仅剩下一尾鲈鱼可以深潜于雷峰塔的钟声里
那它会是孤山寺、白沙堤、春来愁
还是青萝裙，白鹭闲眠，笑歌也断肠
让你相信：在梦里，原来这一切早已来过

2021.1.23

小巷梦游

发廊恰到好处的存在
使这条小巷有了洗发水的味道
它一部分停留在空气中
一部分与夜缠绕，绕过耳朵，完成了与脖颈的细语
没人关心的脖颈
为虚空的通道所命名
颈上人头，如何从一堆香波中起身
更多时候，它们垂死似毛巾，一条条兀自悬挂而下
水龙头受到洗发妹低声的鼓舞
幽灵出没的小巷，一把油纸伞撑开过彷徨的两头
小说家送走他现实意义上的妻子
悲哀刚刚开始
漂浮物向深处游去，越来越幽暗
而我刚刚走进来
没人告诉我墙砖原有的颜色
不过，听算卦的说，过了这个月的 7 号，我会走运
洗发水蓬乱似球的味道锁住我的鼻孔，夜在夜里沉睡
陷入歧义的夜，涂抹污点的夜
女主被月光吃醒，她在台词中找回多余的眼泪
她不知道自己在哪儿，遭遇过什么
她不再记得这条小巷有过长长的阴影

2020.11.7

年末大卖场

宣告倒闭的短租期服装店

意外地被梦工厂扯了扯毛边的裤脚管

音箱并不确定自身原本拥有一颗不死之心

通宵达旦的摇滚取代了涣散的内陆乐队

歌星们在嚓恰恰不停到来的风暴里

试穿着羊绒大衣与长筒皮靴

乐队与买卖之间的沟壑

也被一条过冬的狐狸毛领填平

彼此孤立的两块颧骨，又远又红

让河南小姐姐从上午九点开始

就一直披挂着洛阳的晚霞

估计她昨晚又没睡好

困身于月光与酸辣泡菜之间

目睹打呼噜的丈夫一口口吐出白昼误食的蝴蝶

年关将近，该清仓的不只是

……翻毛牛皮鞋、马甲、围巾、乱窜的羽绒

还有隐藏于诗行的不合时宜与意欲冲破年关的形容词

M 码疏离于鼓起的皮肉的悲喜

试衣间无休无止地在场审视

使得未来的领域也变得多余

县政府招待所原址待建的废墟上

几棵银杏与水杉

继续从盛大的雨水向着有限的雪粒撤柜

反观植物之寂静，大卖场正在亲吻每一粒金币

2020年终的电锯对经济学的多孔幸福

表示毫不知情，它借用雪的支离破碎

安抚每一双即将返乡的现代版耳朵

2020.12.29

隐喻的饿乡

暮色降临

词语的锋面已将韵脚的平流层断开

无尽的沙砾也在面临隐喻的饿乡

试衣间里，男主顾尚未试穿到一套合法的西装

别在衣襟的玫瑰迷失于钮孔的万花筒

他不能确定要把它送给哪一个夜晚

作为隐秘内心的某条线索

唯一可以确定的是：鼻子、眼睛

嘴巴、耳朵……已在星空的布置中显现

玻璃橱窗里远去的鸟兽

转眼之间又将天空刷新了一遍

白雪的连衣裙，肩带正在滑向左边的肩膀

似同一架快速下行的电梯

给予我危险而奇妙的想象

海水困住的冷冻链

仍不被卦辞的钥匙所松开

而写下蜂鸟与忍冬花的米沃什

当他走过大街，回头看到的

却是一辆洒水车的困窘与不安

2021.1.16

数的辩护

美丽的艾娃，对着后视镜
一遍遍涂抹她的口红
子弹、扳机、阴谋学在调研寡头的气味
那未曾获取的苦涩的胆汁
一颗精于算术的大脑有着无法消除的技巧
过于聪明的冰雪与纸牌
度假公路，海岸线，绘制出树林发育完全的躯体
误入歧途的幸福，可怜的白痴
唯独拥有数的辩护

然后，她看到了沉默的枪托
困在皮夹克的某只口袋里
枪杀他，或者救他于哀愁的绿波
艾娃拿不定主意
她忍不住打开冰箱，嗅出雪碧有种蒙难的味道
她明白一个人，有时候可以不怀好意
但不可以夺取另外一个人的生命
怀疑论从语言的漩涡中，打捞出漆黑的树皮
在白天与黑夜之间，不存在新的一天
与新的一夜

2021.7.16

疯子

莫非是鸟叫的声音，从深洞里传来

剔骨刀刻下记号，每张松树皮都在挥手道别

剩下蕨菜的脸，贴向另外一个自己

开船吧，尖锐的汽笛

刺破森林的寂静。孤独的墓碑

保持集体的沉默。铁丝网挖着破损的夜晚

自己向着自己走，向着自己开枪

用愤怒的枪托。为何不相信我说的一切

那明明是真的。而且。你也知道那是真的

但为何，又一次次提及死亡

既然你已筋疲力尽，为何死的不是我

也不是你。

病了，病了，都需要看医生了

属于我的空间。开船吧，穿过铁丝网

树皮亲吻了我，我亲吻了黑夜

音箱里的水在滴，放大的水滴的声音

挂在长走廊的尽头。谁的影子

不死的灵魂回来啦，回来啦——

你去过哪儿了

拉康说：不是谁想疯就能疯

2021.3.21

最后的合影

夜色还未降临，尘世的灯火尚未升起
夕阳的余晖恰好可以留住这一切：
有少许白发，埋伏在黑发之间
一小团空气护着它们
时光里有过的惊诧与恍惚
不再使它们在灰尘中迷路
跟身后的群山相比，平面玻璃的凉薄
也恰好溶解了他面部表情的暗淡
他不开口，他在看镜头
漫长的焦距下，黄昏开始倾斜
与暮色融为一体的好像并不是我们
不是电线杆下熄灭的一堆烟蒂
不是丢了半张脸的一块石头内壁
取出的宫廷京腔与蛀坏的牙齿
不是就要开始的新诗集首发仪式
也不是天姥山林间偷听我们交谈的一只白鹿
哦，白鹿，它细小的耳孔涡旋着山风的锋刃

有一个瞬间，他转头看向右边
他看到牡丹的红、茄子的紫、梅树的伤口
他看到词语的蚁线缝缀着蟠龙山居的夜空
他看到好友墓前无人清理的荒草

他看到芦士的石斛吐出一个失败的尘世
他看到不该看到的：
红色路十五号后院的那棵石榴
在他浓密头发的掩护下
正涌动着密密麻麻的爆炸

晚风已将他带走，却把我们静止在虚构的空间
青荷、夏荷、山河、洛河……不同的名字
有着相同的邀请，想邀请他回到原来的位置，前排
左四
邀请他重新坐到我们中间来
谈谈文学的无用性，谈谈瓦片上雨滴的辩词
谈谈盛放于两口井的蛙鸣与月光
如何被一首苦闷的情诗领走
也谈谈此刻照片中逐渐加深，然而终将逝去的光线
黑夜似血，黑夜的奥义在于
不会有新的恐惧与新的疲惫
记住他。记住前排左四这一个虚空的位置

2021.6.6

10 月 13 日，与天空的片刻凝视

我从房间里面出来
然后，天空看到了我
黑色裤子，上衣停满了白鹤
皮鞋里的噪音还在咔嚓咔嚓
它看着我经过两棵柚子树
越来越少的柚子
正在加深秋日的清冷

同一时刻，天空侧过身子
听到滑草的男孩
对着女孩喊话：
"左边，左边；右边，右边"
他们骑着小摩托
越来越快地闯入雾蒙蒙的空气
在这个旋转不停的天空之下
他们能否拥有草地与池塘
使十月不再干涸

下午，我从柚子树下返回
孩子们还在山上滑草，给植物备案
天空阴沉沉的，似乎要下雨

天空将我们放置于时间的寂静之中
而自己永远不会结束

2019.11.11

1月2日：夜雪，壁炉前偶尔谈起诗

我竟无法入睡。是另外一场雪
在描述阀门：螺纹尚未收口
像词语还在等待更多的旋转与拐弯
夜雪把一座壁炉递过来，或许
修辞可以用来烤雪？构建也是解体
意象与隐喻在一张抖擞的脸上
找到彼此，有何新鲜可言
除了一排山羊胡子
序列于烟熏的窗玻璃

夜雪旋落，把花园抱在怀里
火焰的光辉吱吱作响
祖屋被重新搭建，让人怀疑
燃烧的究竟是木头，还是火焰本身
黑暗而热烈。风继续撕扯火焰的伤口
灰烬跟夜雪一起落下灶膛，它不言说
微弱的，一点一点被拆毁的真
依旧得到树木的赞美

煨汤过的橘子，里面有火
夜雪的甜，让人难以言喻

2019.1.2

X 病区

X 病区，通道尽头的一间病房
微弱的光线里，一个人影受困于轮椅

巨大的寂静，余下一颗头颅在移动
他的眼睛一点一点攀缘着四周的夜色

那远处的花园，天空中的斑点
收集着他自由的意志

一种反向的装置，膝关节耸起的语言，危险在向他靠近

某一天下午，高速公路消失，迷雾中的城堡
而轮胎，致命于一枚竖起的钢钉

"你能否允许自己，哪怕片刻，放下手上的工作？"[1]
夜，那么安静，键盘却疲于奔命

轮椅有着稀奇古怪的问题，比如
谁来回答这条高速公路，可以与历史的弯曲度相匹配

2021.12.2

---

[1] 引自阿什贝利《麻疹》一诗，少况译。

短蛇诗

1

向波尔卡遮蔽下的头与脚
眼睛的网格，移动的脏腑与高跟鞋

2

向死去的嘴唇的热吻
割掉的呼吸，空洞，耳朵的墨水

3

一个身体裹着的一块布，蓝色的，白色的
向我们口中所说的灰尘，名字与普什图语

4

甜美的吉他，黑板与泥墙
向挂在铁丝网上的婴儿与机舱里诞下的婴儿

5

向天空下沉睡的面包店，美容院与风筝
我祷告——

2021.8.24

洁白的胸脯

有必要数一数从屋顶飞过的鸟
一只、两只………
后来扩散为一群、一片……
地球斜过椭圆的双曲线
它们飞过白昼，飞过患病的喉咙
鸟，如何飞翔
成为被人类研究的方式之一
而夜晚总是穿着陌生人的衣裳
落到你的窗户

无论如何，你都想过离开
离开现在，离开你的心脏与双肺
离开舌头
离开的东西很多，举不胜举
有那么一瞬，你甚至相信自己
没有什么可以阻挡你的离开
你也从未有过精神疾病
只是近期经常会出现种种幻觉
比如你独自出门去江边
江水无边的呜咽挂满你全身
你却表示没有什么话可以说
你回头看到灯火中的城市
黑暗的建筑物，黑暗的广场

结伙的鸟群
它们洁白的胸脯
被夜晚的太阳照亮

2022.6.5

电光麦地

让人怀疑是在一节车厢里
对夜色、江水、麦克风突然起了一阵昏眩
夏虫飞过来，咬了一下谁的耳朵
荧光屏滚动着蓝色恋曲
每一行歌词都在寻找 80 年代
那些霓虹中闪烁不定的长头发与喇叭裤
风吹着咖啡馆，吸管折弯了真心话大冒险
不知从什么时候开始
我们学会了从游戏中辨别
哪个月亮是唐朝的
它们一个个又圆又大
星辰下，金黄的麦地
电光四射。古老的农耕
已厌倦于饥荒的表达
麦穗与大地之间
电磁波推进了丰收的景象
对于景区来说
麦地的意义在于仿生学的穿透万物
我们不禁感叹：奇观真的是无处不在
它不是用来收割，而是用来歌颂
海子说：在歌颂麦地时，我要歌颂月亮
那么，月亮与一杯酒的距离

欢笑与哭泣，半截喉咙的活着与死去
遥远，却又触手可及的北方
那把飞快的镰刀
正追着麦子回家

2022.6.10

房间

我为何如此忙碌，走不出超市、药店、水果摊。越来越多的消逝之物，缩减着我们的口袋，不管它曾经是否被捂紧，是否有过独自的困惑与惊恐。

玻璃球在闪光，太阳和这个世界，在此时，仿佛取得了某种平衡，像40℃的发烧，据说可以获得细胞的免疫，用不着对死海，或者废都的模仿，灰尘进入的地方，我也进去过。

我的脚，一只赶着另一只，即便不是走山路，它也无法平静，房间里并没有地雷，这是确切的，那么，地雷埋在哪里，我听着自己的呼吸，酒精一样烧起来。我听见体温计，听见刻度，一粒吲哚美辛完成了自身的融化。

2022.12.25

海水把你从蔚蓝中拉回

延伸，顺从意识，从胸腔打开
然后肩胛骨、肘关节、指尖的极限
海水把你从蔚蓝中拉回
乱糟糟的生活
一堆碎玻璃屏住的眼睛的呼吸
变形的洞孔里，卷心菜雕琢着自身
越卷越昏暗的纹理
而裹住它的
白色的、紫色的、光的语言
为影像中冷酷的部分系上了安全带
然后脖子流汗，声音拐过喉结的穹隆
吐出会议，黑鬼，干渴的钱包
你需要承受这失败的世界
承受它的腐烂、僵硬、陷阱
一瞬间的恍惚，让你发现
某个清晨，树叶变了颜色
而树干依然一团漆黑

2022.10.21

明天来临之前

你所厌倦的，或许正被我热爱
静止的树叶与一道光线之间
秋天也获得了某种短暂的平衡
我将自身埋于树林
秋天一直如此
陈旧的身体与陈旧的树叶
它们脱离了潮湿而沉浮的天气
成为日落、晚霞，转瞬即逝的一句歌词
我害怕接到电话，听到某个名字
除了再见，我不想说出昨天
即便是通过寓言，隐喻的夹角
经由时针倒拨的钟楼
而产生的灰尘与泪水
把它们留给空气，留给肺，留给幽深的通道
或者，它们应该死去
在明天来临之前

2022.10.27

第四辑　可能的油彩

Possible paint job

小石佛驿铺

走在黝黑的鹅卵石上
我似乎还缺少一双蒲草鞋
来迈过这一间穿路廊

你看，在这里
爬满墙壁的不止月光与蔷薇
还有几首打油诗
尽管墨迹已不再新鲜
却仍在坚持
用笔画喂养裂开的墙体
像一把陈旧的钥匙
试图打开歧义的锁孔

多少南来与北往
多少白昼与黑夜
也不知过去了多久
停留过多少的人脸与兽蹄

它只负责默默地蹲守在这里
从天亮等到黄昏
又从黄昏等到天亮

只是因为口渴的时候

可以让你讨要到一盏茶水

2022.5.28

十九峰，在天空的锯齿里彻夜不眠（组诗）

1. 一颗，两颗，三颗……十九颗

它们彼此相连，远远望去
就像一排刚刚出土的牙齿
紧紧咬住天空
一颗，两颗，三颗……十九颗……
你依然可以数下去
在阿拉伯数字的递进中
数出陨石、板块、恐龙、白垩纪
数出矿藏、水光的油彩
丝绸的折痕，以及江南的烟雨
那瓦蓝的弧度连接起来的遗韵
这岩石的博物馆，美的《诗经》
时光摁在大地上的一枚印章：
冰火在第三纪沙砾层
交换变迁的信息
乃至三角形的倒影
近似于另外一颗星球摊开的词典
那幽谷的深度——
不断向上攀爬的溪流与抒情
这棋布的丹霞，黑夜里的灯盏
在大地上狂奔不息……

而最后一颗是否真的存在
像一座彻夜未眠的村庄被你热爱
终究成了一个悬念

2019.2

2. 小火车

一列小火车
顶着工业时代的蒸汽
从方言无法转译的鸟鸣中
——滚滚而来
如同一个来不及醒来的梦
在钢轨与枕木彼此咬紧的睡眠里
它获得了自身的积雪与呼啸
经过左于村的时候
一条江使它拐了一下
从左边拐到右边
江堤也在设计师的图纸中
获得了归隐的龙鳞
到了这里，尘世已被推远
像一节一节车厢
驶离站台时的背影
被一条环形的轨道
遣返给两岸行走的水草

2019.11.2

第四辑 可能的油彩

3. 草坪，喊泉，狐巴巴

泉水被喊。隔着一座幽谷
蝴蝶是否被寂静听见
我想象自己正在变成一只蝴蝶
一只向夜晚与篝火致意的蝴蝶
一只面临危险的蝴蝶
它翅翼的薄与透明，它的斑驳
不被泉水所见

更多的喉咙并未将歌声升起
草坪也已收紧蟋蟀的鸣声
狐巴巴隐匿于星球
不存在的第三只眼睛后面
蝴蝶的翅翼
鼓荡着一段旧事寂静的部分

2019.11.2

4. 深秋，在下岩贝数山峰

就这样，想起我们曾经是谁
天还没有完全黑
但是，月亮已得知将会发生什么

也是深秋，深秋总是让人记忆深刻
像漆黑的枕木突然明亮

像飞雪疯狂，正被一列火车从西伯利亚运出
而芒花，只在风中调整了一下方向

我们还碰巧看到过四顶斗笠
戴在南方的稻草垛上
从旧式的雨具过渡为新农村
对气象的设计

碰巧，还有一池枯荷
在深秋的肺里等着我们赶来
难以控制的一个喷嚏
打在辽阔的田野
像油彩泼向画布后的杂音
在听诊器里吱吱震响

直至一排山峰，从早雾中出现
像一把白垩纪刚刚哺育的牙齿
咬住崎岖的天空。最后
要谢谢你把不存在的一颗指给我看

2019.11.2

5. 七夕，下岩贝记

初秋与夏末无法分辨的物候里
青草碧绿，太阳花乌黑的籽核初步形成
你身上萦绕不去的米酒的气味

与树枝间青色的柿子
同时被赋予欢畅与悲情的意义
瀑布、茶园、观景台、农舍
暴雨之后东倒西歪的农作物……
摄影师手里充满期待的像素
与诗人笔下沉默不语的惊奇
对于织女而言
这些景色成了路过人间的确凿依据
为了度过枯枝败叶的秋天
李斯的小篆不得不写下
曲折的炊烟与温暖的晚餐
里尔克的林荫路上，还不见落叶翻飞
峡谷与青山之间起降的电梯
倒像一种消灭不尽的疾苦
在扑向大地

2021.8.15

来自西塘的倾听，辨认与呈现（组诗）

1. 为水失眠的西塘

我赞叹这柔肠百结的水，是如何
以她的轻拢慢捻引出花窗，古树与街巷
并与西塘的忽隐忽现互为梦境

更远一些，尘世的灯火也浮出了烟雨
让人怀疑，种下红菱的春秋
是朝代与朝代的分野，还是
气候学意义上季节的衍生

或者，翠鸟已代替我
向伍子胥的眼窝捎去问候
那从水中捞出的过往与现世：
斜塘是她的名字，平川是她的名字
吴根越角是她的名字，越角人家是她的名字

直至吴语翻译出她的静美与逶迤
我发现这更像是一次精神探险：
纤细，辽阔，曲折，清澈，从容……
足以洗去她一生的风尘

2021.8

2. 西塘[1] 纽扣

这光扣，恰似沉潜于西塘水波里的一轮圆月
照亮你心底的旧记忆，有点潮湿，有点泛黄

是唐诗宋词里越滚越远的句号
别在地老天荒的衣襟，如珍珠，如宝石

将春秋与流水纽结在西塘，将唐宋与瓦当
飞檐与明清相系于西塘

如悲风中的梅树在寻访翠鸟圆润的鸣叫
如胸针的暗眼在回首一幅水墨的丝绸

西塘的纽扣，是一枚浓缩的地球送给水乡的礼物
她错综的盘扣，将青衫与《诗经》装订在一起

那回味不尽的纽襻、丝线、扣眼
将西街与河道，石皮弄与种福堂，粉墙与黛瓦
一起紧锁于时光的烟雨

2021.8

---

[1] 西塘，中国纽扣之乡，全球一半纽扣来自西塘。

3. 二十四个下弦月，二十四根白玉条

给它青石板、梅树、鸡鸣里移动的行人
给它傍水的美人靠、夜空中孤寂的星辰
给它词语的苔藓、弯曲的野烟、织满细雨的乌篷船

二十四座古石桥静卧在九条河道之上
如同二十四个下弦月，二十四根白玉条
西塘的流水掩盖不住对它的挽留
好比陈子良策马扬鞭时对晚晖的频频回望[1]

那份不舍与依依。从他乡赶来的游客
一边眺望隐隐青山迢迢水
一边效仿古人，斗酒桥头压水平
偏偏委屈了那春风黄鸟
空对着杨柳岸下哀愁的绿波与江楼

为邀请与送别构建的水乡
无论桥上还是桥下，总看得见
有人提着红灯笼在桥洞里侧身飞翔

2021.8

---

[1] 化用唐朝诗人陈子良诗句：日暮河桥上，扬鞭惜
晚晖。

4. 西塘田歌

请你一定要带上心爱的妹子
走一走西塘，她的温婉与忧愁
像月光中迎面落下的花瓣
你要伸出双手，接住她的缓慢与轻柔

几株沿阶草埋首于青石板的幽绿
风吹过来，从石皮弄纤瘦的西头
如果妹子贴耳过来，你要唱给她听：
水中升起的月亮，草丛中一闪一闪的萤火

请你一定要到西塘的酒吧坐一坐
带上心爱的妹子，把悲欢交给廊下的暮色
也可以交给新酿的米酒
子夜歌的河网里，你是远去的一株白梅
也是幽暗中到来的一道柔波

2021.8

5. 明天见，西塘

好在有这样一长溜廊棚
搭建在濒临黄昏的旅途
廊棚之上，有悠闲的云朵，有薄薄的烟雨
盛夏的右手边，河水抱紧了月光
不知道有多少蛙子，此时

要把内心的管弦弹奏给荷塘
我想再一次走进临河的灯火里
倾听月光敲击陌生的屋顶
这声音多么慈悲
夜色越来越深，我却越走越慢
我想与靠背长凳一起留下来
跟尘世说一声：明天见
也跟尘世中的西塘说一声：
明天见——

2021.8

文成书

1

现在，每一座山都有了火焰的肤色
每一只铜铃都被山鸟的鸣声摇醒

壶穴众多，隐匿在树木深处
不知何来，不知何归

然而，壶穴自有它的形状
在山谷与山谷，星光与明月之间

它们迁徙、走失、相聚
一次次抱头辨认，以泪珠

倾尽全力的碧绿，一颗一颗
挂在昏暗的悬崖

一壶提着一壶，一潭连着一潭
不同的情节却在相似的梦境呈现

由此，我闭上了双眼
听泉水将一壶山煮沸

2

"一路狂奔而去"
其实不用这么拼命
像英雄无处还乡

水与水连在一起
必须是白的颜色
必须是整块丝绸折叠九次

"一瀑秀，二瀑奇，三瀑诡"
三潭三瀑，百潭千瀑
仿若帝师[1]的布兵之道

素练挂空，变幻无穷
只是早已预见了自己的粉身碎骨

3

到了这里，
一切只接受自然的安排：
夜晚只为火焰存在
秋天也只为保管这些树叶
而古道，依旧错落在低矮的草丛

---

[1] 帝师，指刘基。

CONGSHUPI
HETAIGAN
ZHONG
DANSHENG
从树皮和苔藓
中诞生

十一月，逶迤，辽阔
采集凛冽的气候与无边的斑斓
词语复述着羽毛与青砖
旧日子从脚底浮上来
露出炭火与嘴唇

需要一担盐挑在肩上
需要一双脚在岭脚遇到哑巴
需要盐粒飘忽不定地闪烁
拨亮古道一身的黑

一路红枫，甚好

4

留一块青砖给村庄
再留一块桃花石给算命的手掌

"来来来，递一杯酒给月老"
这座山，除了月老
还有一万朵妹妹

2016.8

海的羊群，海的雪

1

波涛，这波塞冬的三叉戟赐予的雪杉
水中的火焰，雨滴里翻飞的蝴蝶
"在诗人洁净的手中，如簇如拥"[1]
她日日夜夜地卷曲与疾驰，像无数教鞭
一次次抽向沉闷的礁石
让年老的海岸拥有了一捆捆时光的绞索
而海的轰鸣，又被海藻摇荡的裂唇
推得更加遥远

2

这些海水，都是我的字母，我的课本
甚至是我体内无尽的翻滚与汹涌
我用它辨认星空，用最轻的光翻阅它
现在，我走向它，我和我的沙粒走在一起
我想替寒冷的海螺烫平多皱的外套
为它擦去每一个夜晚潮湿的啸声
再替海蛇的灵魂称一称克重

---

[1] 歌德诗句。

CONGSHUPI
HETAPIAN
ZHONG
DANSHENG
从树皮和苔藓
中诞生

3

台风终于攀上了海鸟的羽毛

这闪电的翅膀，深广的词义

仿佛策兰尚未铲去的

"谚语的阴影"[1] 部分

在越来越厚的乌云里

练习黑夜的旋转与翻身

这一刻，海的羊群，海的雪

包括披挂在我身上的逶迤的沙滩

都在它的俯视之下

4

一眼望去，繁忙的码头

那商贾的集散地与旅行的出发地

始终有一条长堤，伸往海底的淤泥

仿佛一首未完成的长诗

在等待海水苦涩的续写

始终有一轮落日，像荒谬的巨石

需要西西弗绪昼夜的推动

而成为泛起的波光、云彩、火焰的闪烁

---

[1] 保罗·策兰诗句。

5

古老的法罗斯灯塔
仍然被要求，提供更多的航道与火光
以便孤零零的海面，认出疆域、哨所
或者界碑的刻度
海水继续骑上月光的脊背
像无尽的积雪向我涌来
那并不存在的冷酷的书写
还在向一张深蓝的宣纸
讨要"一块纯净的黎明"[1]

2021.6.23

[1] 阿多尼斯诗句。

CONGSHUPI
HETAPIAN
ZHONG
DANSHENG
从树皮和苔藓
中诞生

11 月 26 日：会饮西白山

1

这因火裂开的山体
如今被椴树林看守
巨石、青苔、冬虫
只拥有一条围裙的白雁
……
仿佛神赋予的一粒粒种子
在尘世重新获得居所

2

为何叫她椴子
为何火山也没能将她摧毁
为何黑雪的躯体里
我尝到的却是她野火的香味

3

冷风吹来细雨，也吹来
"我们身上爱的森林"
众多的伞，撑开火山的音乐厅

那是谁的二轮摩托
熄火在词语的喉咙
我个人的虚无主义：
鼻尖的温度已被西白山吃掉

4

而实用主义的客厅里
波光重现。我们似乎靠得很近
其实，却比傍晚远
比还未到来的夜，更远。
此时，离我最近的只有胃：
复述着榧子的饥饿与她的生死旅行

5

"如此幸福的一天"
经络的衣针穿过榧子眼
她的眼与我们的眼如此相似
四顾茫然，无处慰藉
这一天，不相关的事物
不曾存在

2016.11.29

魁星，临岐一跳

终于，他们戴上面具
等待着被鼓点赶往《思旧赋》

红脸、黑脸与白脸
面具背后，是他们
彼此张望的复眼

伟大的魔鬼，发明了黑夜
它用一只脚跳进了酒香
另一只脚，我没看到

假面舞会的悬念太过坚硬
破碎的星星与皇后
观星术不过偏差了一分
那美貌却已受困于画皮

2016.4.30
2021.12.25 修订

暖锅，临岐一味

你看，煮沸的火罐
已代替一片雪
找到了百草
无论黄芩还是岐黄

当它们多层次抱成一团
煎熬中被赋予辣的暴虐
乡愁扫过黄铜的二维码
那么多患病的人，来这里
领取越来越旺的虚火

是否需要一株山核桃
为一片黑的雪，吐出碧绿的胆汁
是否需要一口养生学的暖锅
为临岐熬制一罐青草的味蕾

此刻，虚火，反对着虚火
而百草，已在低处
被一片雪照亮

2016.4.28

廊桥，临岐一夜

廊桥下面，进贤溪清澈的流水
昼夜不息

那些与野火有关的
词语，偶尔飘过来
零星地，降临于水面
然而，并不见新的波澜

雨水的声音，多么破碎

有人手持百合，也有人
骑上酒杯，仿佛真的存在
一个被称为天界的地方
可以向这个尘世，倾倒
更汹涌的夜色

绿荫里浮起的廊桥，多么安静
只有晚风在长廊迂回

廊桥下面，进贤溪清澈的流水
顾自流淌。一如陈旧的我

2016.4.28

巧英地图（组诗选一）

竹乡，竹海

抬头便看到你
这大山孕育的绿波
正荡漾开四月的美景

就像看翡翠，看海
或者，看一块被风鼓起的丝绒幕布
而我，只看你

搬一张摇椅
坐到山的怀里看你
那么多的绿
扑闪出春天的眼睫毛

2014.4.1

芹塘所见

芹与芹相望，我所认识的芹
变绿的芹，都在这里彼此相望

香樟树下，风灌满旧祠堂
落到剧本里的命，更深的时光
槐花树下落寞的书生
像一堆雪，积在小姐心头

唱不尽的人世繁华
无法掩饰的心头悲喜
仿佛世间所有的道路
都可以借此通向古戏台

观光客穿戴起树叶，浮茶一般慵懒
一些事物靠了过来：书生、小姐、花园
两只麻雀追着鼓点，从风中散去

而我，独自站在春天里
看流水无依无靠拐过芹塘

2016.4.28

过沃洲湖

过沃洲湖，我们又一次觉悟
桃花比烦恼更多，诗歌比黄金更少

竹筏，一支船工之歌
划开四月的雪，那密集的银针
疏朗，敏锐，闪着冒险的光
疾驰——

向凋败于水底的桑麻与稻穗
向全身挂着流水的三十六渡

放鹤峰在支遁的目光里滑翔
那收集奥秘的翅膀
开始收集大地与天空

2016.4.29

天烛湖记游

蓝天戴着白云的帽子

不见一粒灰尘，充当天空的注脚

大石瀑从冰河纪传递过来一声声钟鸣

时间的冷酷，已迫使蜥蜴借到了迷彩的外衣

没有比松针更好的植被

用来刺破泥土的寂静

秋天寄过来的信件——

树叶，它就要离开身体走了

狗尾草坐在山风里晃晃悠悠

这密集而细小的草茎上弯曲下来的无数问号

像亟待拯救的一颗颗头颅，垂向地面

大地的腹部如此雍容

暴雨过后幸存下来的庄稼

都在努力养护自己的身体

天空越来越高，田野越来越低

谁的口哨声绕着东井飞了一圈之后

我们还留在原地为一只仿真的鸟

打听它曾经停留过的西街口小旅馆

那里，油桐树结出的果子，又绿又亮

奶浆草与芭蕉叶编织而就的水电站
有着瓦尔登湖的影子，柿子树上
一只早熟的柿子，在这个热闹的午后
它拥有摇摇欲坠的担心与甜蜜

被大片阳光包裹在树林的胡公庙
显然很旧了，但依然不缺乏求告神灵的香火
青烟袅袅，不仅表现为一种姿态
当你凝视的时候，它同时表现为一座幻象的迷宫
幸好此时，我们已从中走了出来

2021.10.4

象鼻湖

几乎要相信
这一架淤泥打造的竖琴
以雾霭的方式
把旋律指向未知
那从湖底捞起的琴弦
猩红的遗址
像一把沉闷的音符
被象鼻湖攥在手心
我似乎看到
那些湖底下的枯枝
互为支撑的倒影
有形的对称与加叠
"水际线撤退到诗的刘海"
需要附议的介入
才能维持湖面的平衡
一架濒临失败的竖琴
锈色中抱住湖水的鳞片
它闪着光
为我结下一粒粒霜
为淤泥留下枯枝败叶
那艰涩的修辞学
带走的黏土与矿物

2019.12.5

西景山抒怀

我们到来的时候，西景山沉潜于雾的潮湿
它用无边无际应答着周边的群山
长久以来，这些雾，不知所起，也不知所归
像土墙上垂挂而下的南瓜须，卷起无尽的问号

中年杜甫领着我们走在回家的路上
那词语的矿脉，埋在瓦砾之间的寂静
不停地挖开他方言的身世
而瓦砾之外，蚂蚁搬空的一棵树
寒风在灰鸦的鸣叫里
再一次寻回它出走多年的呼噜

那断桓还在，似一截短语
一道从未愈合的伤口，曾经的家园与玫瑰
在老博尔赫斯绝望的落日前摊开
而储藏在他指尖的墨汁
却忍不住要滴下一管喜鹊的羽毛

茶园不发一言，像路过的我们
有着墨绿的沉默
狗尾草精准地粘上他的衣襟
我们发现，只要绕着茶园走，任何方向都是对的

任何方向都有他使用过的火柴，方井与发胖的雾

那来自字母与读音的恩典

2021.12.4

南宋碗窑遗址

火焰，终于凝固成一座碗窑
那曾经的密不透风，休止于自身
像埋在人体的第 N 节脊椎骨
与脏腑撕扯以后的一声断裂

碗，打碎碗
一只一只，咬住自己的伤口
无法拆卸的蜂巢
被删除的蜜，为隐秘的窑洞所观照

冬天，为泥土带来新的松针
而腐烂依然是旧的
以旧翻新的沙砾层
那豁口，尚未缝缀的一道道闪电
犹如挽在南宋身上的黑蛇
成为时间的羁押

火焰赋予泥土的具形
那无数只泥碗
垒砌而成的经济学避难所
也被潮湿的江南所瓦解

2019.12.8

鹿门书院

今年的苔藓依旧匍匐于去年的瓦楞
刚刚一场细雨,使它们从沮丧中得以解救
由此,苔藓的谢意
像一截幽绿的破折号——
在有限的递进中,朱熹发了一条微信给吕规叔
让他雪夜温酒:寡淡的舌头需要蛋花酒的摇滚

彼此相隔,却又日夜相望
这两块发亮的石头
像两颗眼乌珠被汉字赋予深意
在"隔尘"与"归云"之间
在红烧肉与青菜之间

细雨继续摇摇晃晃
借助孩子们明净的读书声
走神的细雨
从短暂的童年返回语义的边界
同时,作为知识分子
朱熹已为群山,为旷野与孤烟
准备了一份详尽的注释

而古鹿门，裹着一件蓑衣
继续在细雨中等待被沥干

2019.12.4

第四辑　可能的油彩

从树皮和苔藓
CONGSHUPI
HETAIXIAN
ZHONG
DANSHENG
中诞生

小岷村

汽车在转弯。轮胎无胎。
你我在胎心，微弱而清晰。
一个弯。无尽的弯。
山路，黄豆与香榧遍布。
这个秋天比往年少雨。
山弯与水湾。
水库曝出村庄的遗骸。
不再有荡漾，何处是荡漾？
半途，遇杜海斌的柿子树，
"你浑身都甜了"。
然而郁结似火。然而喑哑如绳索。
一晃而过。

而镜头的黑暗，
你无法想象。

八百年小岷村。
上坡。
下坡。
逶迤与蜿蜒。
唯一的途径。
十点半，我们到达。

天空明净如洗。

而你依然独立着。

白墙。屋顶玄黄。耀

第四辑 可能的油彩

从前，胡村

今生似尘埃，今世似蜉蝣
旧时的喜床上，喜鹊口衔梅枝
一截大红的油漆，在沉闷的空气中
面临从家具向嫁妆的凶险过渡
据他所知，开败的梅花
已被冬雪打扫干净

一只铜制的蝴蝶，停靠于木箱上
它静止多年的翅膀
在耗尽人世间的飞行之后
收折起灰白的身体
箱盖与箱体彼此合拢
那无法打开的暗室
隐藏着的花烛与欢爱

这是另外一个时代
模糊不清的人，也允许被生下
生于胡村[1]，长于胡村
他用他的胡话为我们讲述山河岁月
比如小芸、青芸、仙枝……

---

[1] 胡村，位于浙江省嵊州市，胡兰成故居所在地。

比如燕窠、书信、银两……
他的胡话，来自一只白鹭的方言
也来自一条小花狗的欢叫
而当我们离开，在大雨滂沱的途中
为一首文不对题的诗歌起了争执
他又将独自吃掉所有的从前

2020.6.19

第四辑　可能的油彩

大山西村

究竟是一个省的缩减部分，还是
一个江南村落的扩展外延
这来自地域版图的疑问
有待一株忘忧草的确认
滚烫的阳光下，知了
还在用青石板般的坚韧洗涤自身
恭喜它挣脱了驻村干部的麦克风
把鸣声从白云生处一阵阵传递过来
而树林依旧是它的选择
为此，它变得更加嘹亮，更加纯粹
向着集合于文化公园的百名作家
向着荷叶边缘，那不可知的海峡
预告火与神话的来临
唯独女娇望眼欲穿的背影
像一个沉默的箭塔
向同样沉默的天空航行
而老台门留下来的祝福
是无法扯断的白糖，拥抱着
熄灭的槐花与腊肠

2021.6.29

138

石鸭桥

离你如此近
但我依然无法辨认出
你的羽毛与扁嘴
假如你真的有过羽毛和扁嘴
对于惆怅溪来说
你嘎嘎的鸣叫也已远去

当我站在桥上
与身后的天姥山脉
一起趋于寂静
我突然怀念起
消逝已久的春水
那曾经被鸭掌轻轻划起的涟漪
是否荡漾开波光的呼吸

而桥下，埋伏于桥洞阴影中的沙子
是否也与我一样
在等待一截流水
载来山寺的桃花，或者
一叶扁舟
摇来世间的青苔与烟雨

2022.5.22

西宸村

西和宸，无论以本地方言
还是以官方语音念出这两个字
都不妨碍这两个有着相同韵母的汉字
并排坐在一起
从而组成安昌古镇一个村庄的名字

或许，声母只是用来辨别
另外一座山的方位与形态
那传说中的帝王启的降生地——涂山
像古代书生探望闺中小姐
必然要被一块屏风所隔开
而困于画中的孔雀却无力为他们的相见
提供更多的复眼

隐匿于韵母里的欸乃声
摇过渔火与波光构成的夜晚
仿似一架水车从淤泥深处捞起的回声
成为大禹走过家门口时的侧耳细听

其实，对于我来说
宸，仍然是一个陌生的字眼
像沿着河岸向你打开的半扇窗户

乌篷船装不下的许多乡愁
在等待一块浅白色的黎明
铺展开水乡的衣领

2021.6.28